Couverture inférieure manquante

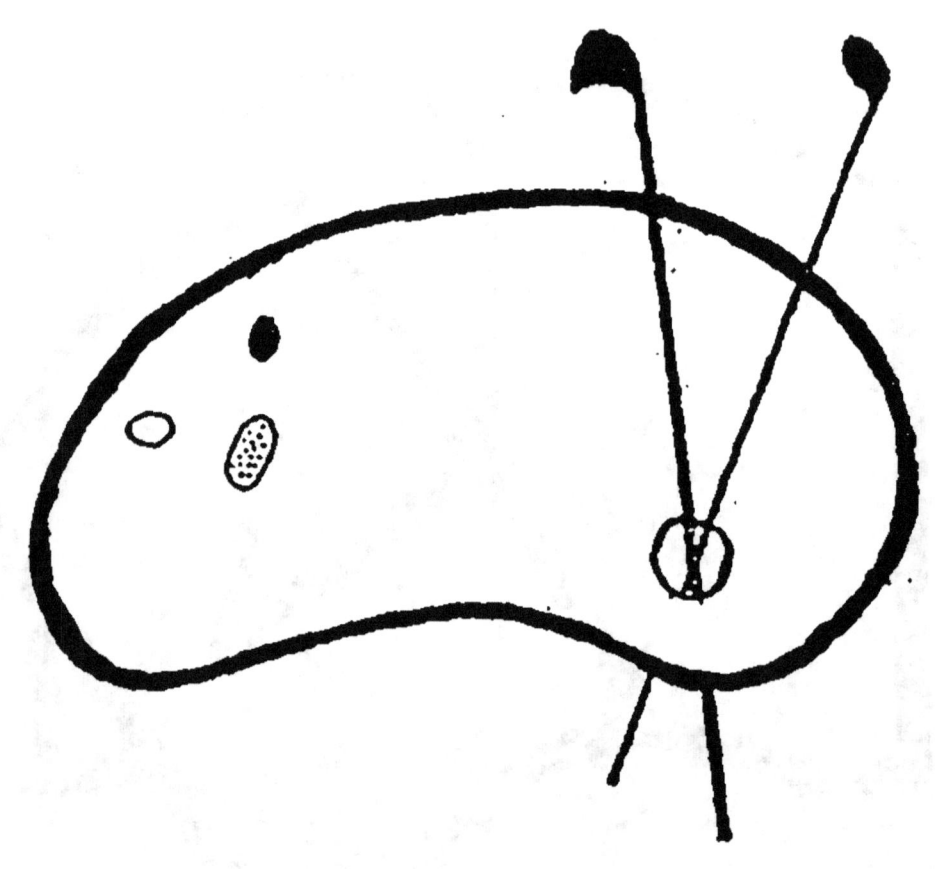

DEBUT D'UNE SERIE DE DOCUMENTS
EN COULEUR

FRANCISCUS COLUMNA

DERNIÈRE NOUVELLE

DE

CHARLES NODIER

EXTRAITE DU BULLETIN DE L'AMI DES ARTS, ET PRÉCÉDÉE
D'UNE NOTICE PAR

JULES JANIN

PARIS.

GALERIES DES BEAUX-ARTS, BOUL. BONNE-NOUVELLE, 20.
J. TECHENER, LIBRAIRE, PLACE DU LOUVRE, 12.
PAULIN, LIBRAIRE, RUE DE SEINE, 33.

—

1844

FRANCISCUS COLUMNA

CHARLES NODIER

FRANCISCUS COLUMNA

DERNIÈRE NOUVELLE

DE

CHARLES NODIER

EXTRAITE DU BULLETIN DE L'AMI DES ARTS, ET PRÉCÉDÉE
D'UNE NOTICE PAR

JULES JANIN

PARIS.

GALERIES DES BEAUX-ARTS, BOUL. BONNE-NOUVELLE, 20.
J. TECHENER, LIBRAIRE, PLACE DU LOUVRE, 12.
PAULIN, LIBRAIRE, RUE DE SEINE, 33.

1844

CHARLES NODIER.

Il ne faut pas le laisser mourir ainsi, cet homme d'un si rare bon sens, qui, sans lui rendre les honneurs mérités, a été le plus charmant et le plus fécond des beaux esprits de ce temps-ci. Ecrivain de la meilleure école, savant critique, poëte à ses heures, ingénieux romancier, — le dernier des grammairiens, le dernier qui crût à la grammaire, dont il avait fait une science presque poétique. Ses mœurs étaient simples et calmes comme sa pensée ; sa vie s'est écoulée dans le travail nécessaire au pain de tous les jours, rude travail mêlé des plus beaux rêves ; nécessité sévère sur laquelle la fiction n'oubliait jamais de jeter son manteau de pourpre et d'or. Ses amis le pleurent et le pleureront toujours ; sa femme et sa fille et

1.

ses petits-fils, plongés dans un étonnement dou-
loureux, se demandent entre eux si en effet il est
bien mort. Et véritablement pourquoi mourir si
tôt? Pourquoi ce subit adieu à ce monde dans lequel notre poëte tenait si peu de place, et par con-
séquent une place si heureuse? N'avait-il donc
plus rien à attendre du côté de ses vieux amis et
de ses vieux livres, du côté de l'avenir et du printemps? Digne homme! bonne et douce nature!
limpide regard! profonde paix de la famille dans
laquelle il s'était réfugié, non pas sans conserver
toutes les passions de sa vie, comme c'était son
droit de les garder toutes, car ces passions lui ve-
naient de son esprit qui était sain, de sa fantaisie
qui était honnête, de son cœur qui était bon.

Mais quoi? Il est mort! Il est mort, lui qui était
plus jeune que nous tous, bien qu'il eût vu tant
de choses et qu'il eût rencontré tant d'hommes
passés avant nous, disparus avant nous. Et, maintenant qu'il n'est plus, comment donc nous souvenir de sa vie écoulée si vite? Où retrouver tant
d'accidents imprévus dont lui-même il se souve-
nait à peine, tout cet esprit dépensé avec tant de
profusion infatigable, dont lui seul il ne se sou-
venait plus? Car c'est là un des caractères de cet
écrivain sans égal pour la pureté et pour la grâce

de la forme extérieure, il a vécu en improvisant, il a jeté à tous les colibris du chemin son esprit, sa causerie, sa verve féconde, et cette science qu'il dissimulait avec tant de soin qu'elle ne peut être devinée que par les habiles. Prodigue de tous les biens de l'imagination et du goût, il n'a jamais songé à rien sauver de cette dépense de son esprit, de son âme et de son cœur; le vent a tout emporté là même où il emporte la feuille de laurier et la feuille de rose. Allez donc courir après le tourbillon pour composer la couronne poétique de notre ami!

Ainsi, pas un des hommes qui ont le mieux connu, qui ont le plus aimé Charles Nodier, pas un de ceux dont il avait fait les confidents, nous ne dirons pas de ses plus secrètes, mais de ses plus soudaines pensées, ne saurait suffire à composer cette biographie, doucement vagabonde, des joies et des douleurs de la jeunesse, aux travaux et aux soucis de l'âge mûr; et notez bien que dans cette histoire d'un homme dont l'esprit était resté si jeune, le biographe n'aurait pas à s'inquiéter de la vieillesse; Nodier n'a pas eu et ne pouvait pas avoir de vieillesse. A quoi bon vieillir? Et puis d'ailleurs est-ce qu'on vieillit jamais tant que l'on conserve à ce haut degré, les plus excellentes qualités de l'art, du style et du goût?

Il était venu au monde dans les temps malheureux, douze ou treize ans avant la Terreur. Son père était un savant homme, un juge austère, et plus d'une fois il se trouva bien empêché, entendant son enfant demander grâce et pitié pour l'innocent que ces lois féroces condamnaient à mort. Mais à douze ans la campagne est si belle, le mois de mai jette autour des jeunes cœurs tant de fleurs et tant d'espérances, que notre enfant, quand tous ces meurtres furent passés, eut bien vite séché ses larmes. Avouez pourtant que ses commencements furent cruels. Il eut pour son premier professeur de grec un certain Euloge Schneider, d'abord capucin à Cologne, puis grand vicaire constitutionnel de Strasbourg, et enfin le chef de la Terreur en Alsace, où l'ancien traducteur d'*Anacréon* jouait le rôle de Robespierre et de Fouquier-Tainville, accusateur et bourreau tout ensemble. C'était un des frémissements de Nodier quand il racontait non pas sa première leçon de grec, mais son premier repas chez l'Anacréon de Strasbourg. Il voit encore les quatre convives qu'attendait l'échafaud huit jours après, les deux sabres en faisceaux contre la muraille, il entend retentir à ses oreilles ces formidables paroles qui faisaient tomber tant de têtes dans la ville, et tant de beaux anges ailés des hauteurs de la cathédrale mutilée. Enfin il voit partir Euloge Schneider, suivi d'une guillotine mobile et conquérant l'Alsace à coups de couperet. Cela s'appelait la *Propagande*... Et voilà le petit Charles bien loin de l'*Erôla monon ekei : Je ne veux chanter que l'amour !*

Un mois plus tard, car ces terribles professeurs d'humanités ne duraient guère, Euloge Schneider est attaché à son tour à l'échafaud sur lequel il promenait ses vengeances. A cette vue, l'enfant quitte la ville, il gagne à travers champs les montagnes de l'Alsace, il emporte ses livres, il emporte son cœur, il emporte les rêves de son enfance déjà prête à finir, et, chemin faisant, il rencontre des agents du Directoire que le Directoire envoyait à la recherche des mines d'argent. De l'enfant échappé, voilà que le Directoire fait un chercheur de trésors; Nodier cependant s'inquiétait peu des riches découvertes, il ramassait les belles plantes fièrement épanouies sur le penchant des précipices ; il reconnaissait à leur forme, à leurs douces odeurs les plus doux produits de la Flore franc-comtoise ; il se faisait l'ami des bons paysans du Puy et des jolies jeunes filles qui s'am usaent à le voir lire dans un gros dictionnaire, pour lequel il s'était passionné comme si c'eût été *l'Enéide* ou *la Jérusalem délivrée*. Belles journées d'une contemplation heureuse et sainte ! Beaux rêves des gracieuses amours, quand c'est à peine si l'on ose prononcer tout bas le nom de la personne aimée ! Une nuit donc, comme il était à rêver ainsi, il voit entrer toute haletante, la fille aînée de son hôte, Thérèse, la fille du père Christ. — Sauvez-moi ! sauvez-moi ! disait-elle, — et en effet Thérèse, si jeune, est la femme d'un proscrit ; on les a vus, elle et lui, assis sur la lisière du bois ; le proscrit a pu s'échapper, mais il faut retenir les hommes qui le cherchent ! Nodier, bien inspiré, sauve à la fois l'honneur de Thérèse et la vie de son mari. Voilà avec quoi il devait écrire plus tard son beau roman intitulé : — *Thérèse Aubert !*

De cette excursion et de ce repos dans les montagnes, le jeune Nodier rapporta, non pas une mine d'or ou d'argent, mais un riche herbier, mais de brillants insectes, mais un gros livre intitulé : *la Bibliothèque entomologique ;* il avait aussi rêvé, non pas un poème, mais ce dictionnaire d'un goût si nouveau : *Dictionnaire des Onomatopées*, cette aimable histoire de tous les mots de la langue

française qui ont une forme à eux, qui ont un
sens, qui disent : — *me voici, je suis Oreste ou
bien Agamemnon!* le son du mot mêlé au sens de
ce mot-là et s'expliquant d'une façon nette et rapide. Et quand on songe que c'est un livre écrit
sans aide, sans autre secours qu'une prodigieuse
mémoire, et qu'à leur place arrivent en se jouant,
tous les grands écrivains de la langue française
dont le siècle de Voltaire ne voulait plus, ces vieux
écrivains, Rabelais, Dubellay, Marot, Etienne Pas-
quier, Ronsard, dont cet enfant pressentait déjà la
résurrection future. Cependant quel fut l'étonnement de *l'étudiant de Besançon,* lorsqu'il reçut l'a-
vis du ministre Fourcroy, que son livre *était indiqué pour composer les bibliothèques des colléges!*

A la fin donc il avait vingt ans, vingt ans, cela
venait bien tard dans ces époques funestes ! Poussé
par un certain besoin d'émotions et d'aventures,
dont il ne s'est défait qu'avec peine, il vint à Paris pour y chercher ce qu'on y vient chercher toujours, un peu de bruit, un peu de gloire.... et du
pain. Il arrivait à Paris tout animé du vif désir de
mettre à profit, dans sa conduite et dans ses livres,
sa haine vive pour la tyrannie et les douces joies
de sa jeunesse. Euloge Schneider lui apparaissait
dans ses rêves, mêlé au souvenir de ses premières

et chastes amours. Dans ses tournées dans les villes
de la Franche-Comté il avait vu tout à la fois
Pichegru et Robespierre le jeune, le beau grena-
dier Monnet, *suspect aux hommes exaltés de tous
les partis* (grande louange!) et le pauvre cordon-
nier Young, que la nature avait fait poëte et qui savait le latin et le grec. Lui-même, lui Nodier, il
avait déjà affronté les hasards politiques; son sourire quelque peu ironique avait fait peur aux ter-
roristes de l'Alsace, et il ne s'en était fallu que
d'une voix qu'il ne montât sur l'échafaud. C'était
avoir de très-bonne heure, convenez-en, étudié
la vie sous toutes les faces, la proscription et la
fantaisie, les délations et les amitiés illustres, le
péril et le rêve. Chemin faisant, il pensait à d'autres hommes dont lui avait parlé son père; il se
figurait qu'il allait retrouver debout, dans l'action
et dans le livre, le dix-huitième siècle tout entier
qui venait de mourir pour ne plus sortir de sa
tombe. Il prêtait l'oreille et il entendait les grands
bruits qui avaient retenti là-bas, et il ne se dou-
tait guère que ces bruits formidables s'étaient per-
dus dans l'apathie et dans l'épouvante de cette nation. Qui lui eût dit que toutes ces passions vives
étaient mourantes, que cet enthousiasme était
éteint, que désormais les bourreaux reposaient à

côté des martyrs, et que bientôt dans toutes les mains viriles l'épée remplacerait la plume, la parole libre et spontanée des tribunes cédant à l'obéissance des soldats qui obéissent à leur chef? Voilà ce que notre jeune Comtois ne pouvait pas savoir. Il entra la tête haute dans la France du premier consul, qui allait être bientôt la France impériale, et tout d'abord, lui, le nouveau venu, qui avait si grand besoin de se tracer un sentier dans ce chaos de tous les éléments divers, il passa, par le penchant de son esprit et de ses instincts, du côté des vaincus, vaincus de la Montagne, vaincus de la Vendée, proscrits qui ne comprenaient pas d'où pouvait leur venir ce petit jeune homme tout blond, au fin sourire, au timide regard, et qui lui tendaient leurs bras à tout hasard, disant que la prison avait retrouvé son printemps.

En effet, cet imprévoyant génie, qui ne savait rien découvrir dans ces nuages, rien voir dans ces ténèbres, n'eut pas de cesse qu'il n'eût lancé à la face du nouveau pouvoir une satire véritable, une satire contre le maître à venir de toutes ces passions, que déjà Bonaparte foulait du pied! La satire s'appelait *la Napoléone;* elle était écrite en vers. Le vers passa à la faveur de l'étonnement général.

Tout d'abord on ne voulut pas savoir quel était l'imprudent qui se jetait tête baissée dans cette mêlée. Lui, alors, au lieu de rendre grâce au ciel d'être sorti sain et sauf de l'antre du lion, il écrivit *Stella ou les proscrits !* Cette fois, à l'étonnement succéda la fureur du maitre. Quelle était donc cette voix hardie qui troublait le triomphe du Consul ? Quel était l'ennemi caché ? D'où venait-il ? Etait-il l'enfant du club des Jacobins ? Etait-il venu de Coblentz ? Hélas ! il arrivait des montagnes du Jura, il était tout rempli d'une abondante poésie ; il s'était enivré d'air et de rêveries ; il avait dans son cœur la joie et la passion du poëte, il ne savait rien du monde nouveau, rien du pouvoir qui s'élevait, rien de cet homme nouvellement débarqué de l'Egypte, rien de cette société expirante qui, les bras tendus au premier venu assez fort, assez grand pour la sauver, s'écriait : — *A l'aide ! au secours ! je me meurs !*

Quand il vit qu'on le cherchait pour *tout de bon,* et que la police de Fouché menaçait de tomber sur quelque innocent, l'auteur de *Stella* s'écria, comme ce jeune homme dans Virgile : *Me ! me, adsum !*—*Me voici : tournez contre moi toutes vos fureurs.* Et il me semble que je le vois attendant l'ennemi de pied ferme. L'ennemi vint, sous

la figure d'un gendarme qui jeta le malheureux
jeune homme dans cet affreux *dépôt de la Préfec-
ture* où les malfaiteurs de nos jours ont grand'peine
à rester seulement vingt-quatre heures. Cette salle,
ou plutôt ces limbes funestes, était encombrée
d'infortunés qui n'avaient pas même assez de place
pour se reposer la nuit sur un lit de camp plus dur
que le lit des forçats. Là étaient jetés pêle-mêle,
sans forme de procès, tous ceux qui osaient s'oppo-
ser encore à la fortune de Bonaparte : de vieux
jacobins, autrefois la terreur de l'univers entier,
et dont les enfants eux-mêmes n'avaient plus peur;
de vieux royalistes inoffensifs par l'excès même de
leur aveuglement et de leurs espérances; malheureux sur qui pesait incessamment le plus abomi-
nable despotisme. Point de lois, point de règle,
point de justice : une fois plongé dans ces tortu-
res, vous étiez un proscrit, et nul ne prenait la
peine de donner même un prétexte à votre sup-
plice. Etiez-vous acquitté par les juges, on vous
ramenait à la prison, et plus d'un y est resté jusqu'à la fin de l'Empire. Véritablement ils étaient
bien endurcis les uns les autres à force de captivité
et de misère, mais ce fut pourtant une pitié universelle quand ils virent entrer ce beau petit jeune
homme à l'air inspiré et naïf, et quand ils l'en-

tendirent parler tout haut contre la tyrannie nouvelle. Chacun se leva pour le mieux recevoir.
« Sois le bien venu ! disait le républicain ;—sois le
bienvenu, disait le gentilhomme. Le vieux jour-
naliste Démailhot se leva à demi de son grabat, où
le retenait la paralysie, et il se mit à raconter sa
vie au jeune captif. Il resta quinze jours au dépôt,
puis on le mit au Temple dans une chambre avec
le marquis de Sade en personne, mort à la Salpê-
trière ; avec Nicolas Bonneville, le poëte, l'ami
d'André Chénier, si beau que les furies de guillotine avaient demandé sa grâce à Marat ! Du Temple, Nodier fut traîné à Sainte-Pélagie et *mis au*
secret. Quoi donc ! *au secret*, dans un cachot, ce
jeune homme dont l'œuvre la plus dangereuse est
un *dictionnaire*? Quoi ! tout seul dans ces ténèbres, sur ce grabat, dans ce silence ? Mais la poésie est la grande consolation des jeunes âmes ;
elle est au chevet du patient ; elle se tient heureuse et souriante, au pied du captif, elle l'endort
de sa voix amie, elle le berce dans ses bras pas-
sionnés, elle murmure à son oreille les mots di-
vins : *liberté ! espérance ! avenir !* C'est la poésie
qui a sauvé Nodier, c'est elle qui lui a donné la
patience et le courage ! Mourant, on le transporta
enfin dans une chambre éclairée du soleil, et sur

un lit... Juste ciel! le lit de madame Roland; témoins ces mots gravés dans la pierre : *Jeanne Philipon, femme Roland!* Deux innocentes créatures, celle-ci et celui-là; celle-ci, forte et puissante entre tous les hommes de son temps, celui-là, naïf et calme enfant de la France allemande, et qui ne devait rien comprendre à tant de fureurs!

Que vous dirai-je? c'est une touchante et cruelle histoire, nettement racontée, avec l'accent d'un homme qui se souvient, mais qui se souvient sans haine, et qui n'a conservé de toutes ces misères que le regret pour les malheureux qu'il a vus mourir. Certes, il a été cruellement éprouvé, certes il a passé par bien des angoisses; mais à peine libre, à peine Fouché lui a-t-il montré la route qui conduit à Besançon, que le voilà revenu tout entier au caprice qui est sa muse, à l'imagination qui est sa compagne. Bien plus, même sur ces grands chemins qu'il parcourt d'un pas si rapide, il se reporte par la pensée dans le cachot qu'il a quitté; il revient aux amitiés de la prison, et à un peu mieux que l'amitié. Par exemple cette jeune fille à l'œil noir et doux, qui venait au guichet chaque lundi; cette jeune femme dont la tristesse était si charmante, et ses compagnons laissés là-bas, ou bien fusillés dans la plaine

2.

de Grenelle ou déportés dans les déserts de Sinna-
mary, Hérisson de Beauvoir le jeune Chouan,
Coste de Saint-Victor, Joyant de Villeneuve,
Raoul Gaillard, le Bourgeois, il les voit, il les ap-
pelle, il les pleure. Ah ! s'ils étaient libres avec lui!
ah ! s'il pouvait les amener dans ses campagnes !
si seulement Renou était là pour chanter ses belles
chansons ! si seulement il avait à ses côtés son
compagnon *Duclos*, Duclos devenu plus tard
l'homme à la longue barbe, déguenillé, que j'ai vu
si souvent aborder Nodier avec le geste élégant et
la main bien lavée d'un homme de la meilleure
compagnie! Ainsi il pensait, ainsi il rêvait, et puis
tout d'un coup il se prenait à tressaillir, il lui semblait qu'il avait vu passer, marchant à la mort, le
brave Georges Cadoudal !

Au demeurant, de toutes ces impressions diverses, il devait arriver ce qui est arrivé en effet, que
ce jeune homme, rejeté par pitié dans la vie poétique, resterait désormais étranger aux passions,
aux cruautés et aux vengeances des partis. Il avait
traversé de trop bonne heure les dangers de la politique pour être tenté de rentrer dans cette arène
où les honnêtes gens succombent presque toujours, où le seul ambitieux a des chances de salut.
Rien n'est plus juste, et rien ne s'est mieux justi-

flé, selon moi, que ce mot du digne Beauvoir à
Nodier : « Pour toi, Charles, sois tranquille, on
« n'en veut pas à ta vie ; ta vie n'est liée à aucun
« système redoutable ; tu tiens à tous les partis par
« quelques idées, et tu te dérobes à tous par quel-
« ques répugnances ! » Et en effet, il était impossible de mieux parler.

Voilà donc les renseignements que nous rencon-
trons dans les *Souvenirs de Nodier*. Je me rap-
pelle qu'un jour, à cette même place, je lui disais :
« Chose étrange : comment donc avez-vous oublié
« que vous avez été guillotiné le même jour que la
« reine de France ? » Et à ce propos, je le vis devenir tout pensif, comme un homme qui cherche
à se rappeler si en effet il n'a pas été le héros de
cette glorieuse fortune. C'est là d'ailleurs une partie du talent de Nodier, ce qu'il raconte, non-seu-
lement il l'a vu, mais il le voit encore ; non-seu-
lement il l'a senti, mais (touchez son cœur !) son
cœur bat de la même émotion : l'échafaud et les
fleurs, le bourreau et Thérèse Aubert, les cris de
la rue et les harmonies divines des campagnes, le
cachot et le vagabondage de l'homme heureux qui
va tout droit devant lui, au hasard, sur la crête
des monts, au bord des fleuves, au pied des chênes,
voilà de quoi se composent et sa vie et ses livres.

Il y avait en lui quelque chose de cette rêverie pédestre dont il est parlé dans les premiers livres des *Confessions*, et j'imagine que ses plus beaux livres il se les sera racontés à lui-même, après quoi autant en emporte le vent! C'est une destinée singulière des livres que Nodier a laissés; à peine si les gens pour qui il les a écrits ont voulu les lire, et ce n'est que plus tard que la fortune leur est venue. Comme il arrivait le premier de toute la nouvelle école, sans être précédé du grand tapage que font d'ordinaire les novateurs, le public ne comprit pas tout de suite la piquante nouveauté de ce style aux formes limpides, aux transparentes couleurs; comme aussi cette fiction nette et rapide et contenue dans un si étroit espace, ne pouvait guère convenir à ces lecteurs avides d'émotions étranges et blasés doublement sur les événements qui se passaient dans les livres et hors des livres. *Jean Sbogar*, le premier des romans qui se présente dans la collection des œuvres de Nodier, a été écrit pour venir en aide à la pauvreté de Nodier, nommé professeur des sciences politiques dans la petite Tartarie (Ovide chez les Sarmates!) et forcé de revenir sur ses pas, faute d'argent, le ministre ayant oublié de payer le professeur. « *Jean Sbogar* réussit, *grâce à l'anonyme* », dit Nodier. Les grands critiques de 1812 attribuèrent le livre à Benjamin Constant lui-même ; les autres assurèrent qu'il avait été écrit par madame de Krüdner. Or, savez-vous qui donc le premier devait nommer le véritable auteur de *Jean Sbogar*? l'empereur Napoléon lui-même, qui le lut un jour à Sainte-Hélène, et qui écrivit sur la marge des notes de sa main. « Il n'était pas dans ma destinée « d'être pesé dans une telle balance, » disait Nodier ; et il disait cela d'autant plus volontiers, que plus loin il ajoute : « *Jean Sbogar* n'est que « mon ombre tout au plus, ou je me suis grande- « ment trompé sur la pauvre place que je tiens « au soleil ! »

Or, si en effet c'est là l'ombre de Nodier, vous n'en lirez qu'avec plus de soin les tablettes de Jean Sbogar ; toute la philosophie de l'homme se rencontre dans ces pages. — « Un brin de paille, c'est quelque chose ; une idée, ce n'est rien. » — « La plus haute liberté d'une nation, c'est de choisir un esclavage à son gré. » — « Je ne sais plus qu'un métier à décréditer : celui de Dieu. » — Et enfin cette pensée qui n'a pas l'air d'avoir été publiée en l'an de grâce 1812 : — « Je voudrais bien qu'on me montrât dans l'histoire une monarchie qui n'ait pas été fondée par un voleur ! » *Le peintre de Salzbourg* est antérieur de dix ans à *Jean Sbo-*

gar. « En ce temps-là, dit Nodier, les hommes de génie étaient fort occupés de leur gloire, et les hommes d'esprit de leur fortune ! » Or, notre *peintre de Salzbourg*, ce jeune artiste qui ne s'occupe que du rêve et de l'idéal, qui ne songe ni à la gloire ni à la fortune, était quelque peu dépaysé chez les grands lecteurs qui avaient lu *Faublas*, digne Télémaque de cette génération de malheur. Heureusement que les femmes, même dans les temps de licence, croient encore à l'amour ; elles protégèrent l'amoureux sentimental d'Eulalie ; elles pleurèrent sur les malheurs d'*Adèle*, la véritable cousine-germaine de la Lolotte de Werther. — *Thérèse Aubert*, c'est la jeune fille des souvenirs ; c'est le premier regard, c'est le premier sourire dont on sait le secret, c'est le premier paysage dont on devine les contours. Mondyon, Jeannette, la ronde des jeunes filles, ne diriez-vous pas autant de pages arrachées aux premiers romans de George Sand ? tant se ressemblent les divines aspirations de la jeunesse. — *Smarra* est une fantaisie composée de toutes sortes d'éléments divers : il y a de l'Hoffman, il y a du Schiller, il y a de l'Apulée ; c'est le rêve d'un poëte éveillé, ou, si vous aimez mieux, l'histoire des féeries du sommeil. Comme étude d'une langue habilement, hardiment travaillée, ce conte de *Smarra* est une étude admirable. Nodier a mis dans ces pages tout ce qu'il a pu prendre aux anciens : Homère, Théocrite, Virgile, Catulle, Stace, Lucien, sans oublier Dante, Shakespeare et Milton, style travaillé, pensée tourmentée, imitation laborieuse de toutes choses, un vrai *cauchemar* pour tout dire; mais Nodier ne voulait pas faire autre chose quand il écrivait *Smarra*.

Rien n'est plus joli que *Trilby*, doux souvenir des montagnes de l'Écosse, avant que Walter Scott eût fait de l'Écosse une contrée aussi connue que la place du Carrousel. *Trilby* est une œuvre charmante, écrite avec soin, avec amour. On y retrouve à chaque ligne l'écrivain naïf qui admirait les Contes de Perrault presque autant que les Fables de La Fontaine. *Trilby*, c'est le lutin triste et gai, bon enfant et moqueur, ami de la joie, qui, au besoin, ne se refuse pas une douce larme. Autant que Perrault, Charles Nodier avait été créé et mis au monde pour être l'*Hésiode des esprits et des fées*, qui n'avaient pas de secrets pour lui. Savez-vous, en un mot, quelle fée charmante devait évoquer le lutin d'Argaïl, je dis la plus légère de toutes les fées et la plus brillante, mademoiselle Taglioni, si bienséante sous l'aile du sylphe de Nodier?

Suivons-le toujours, non pas le sylphe, mais
Nodier (on pourrait aisément s'y tromper), et à
chaque instant vous verrez l'aimable conteur va-
rier sa leçon et son conte. Plus d'une, parmi ces
histoires, est terrible : *Hélène Gillet*, par exemple;
mais *la Fée aux Miettes* a bientôt racheté toutes
ces cruautés. « Souvenir de ma vingt-cinquième
« année, doucement passée entre les romans et les
« papillons, dans un pauvre et joli village du Jura
« que je n'aurais jamais dû quitter! » Et, en effet,
il a entendu raconter l'histoire de *la Fée aux
Miettes* assis au coin de l'âtre, sur un bahut déla-
bré, chauffant ses pieds (sans sabots), au feu clair
et brillant d'une bonne bourrée de genévrier qui
pétillait dans le sapin. C'est une jolie chose, cette
Fée aux Miettes, pleine de caprice, d'esprit, de
malice, et d'une piquante bonhomie toute naturelle à l'esprit franc-comtois. *La Fée aux Miettes*
est un peu comme *le Roi de Bohême*, qui est introuvable dans ses sept châteaux, d'autant plus
introuvable, que, même le premier de tous ces
châteaux s'en va disparaissant toujours. Au reste,
ces sortes de tours de force, renouvelés de l'A-
rioste, plaisaient à Nodier. Jamais il n'avait plus
d'esprit qu'entre deux parenthèses; mais aussi la
parenthèse une fois ouverte, il s'en donnait à

cœur joie; il allait, il allait dans toute la liberté
de son esprit, dans toute l'innocence de son cœur.
Que de beaux chapitres épars çà et là, qui seront
bien difficiles à retrouver, si Dieu ne nous vient en
aide! Que d'adorables parenthèses franchement
ouvertes, et que l'auteur a oublié de refermer!
Il touchait, en se jouant, à toutes les questions
d'art, de littérature et de goût, marchant un peu
le premier, avant même les plus hardis, plantant
le drapeau sur les côtes escarpées, et quand le drapeau était planté, s'amusant à regarder qui donc
sera assez hardi pour l'enlever et le porter plus
loin encore? Alors il battait franchement des
mains, admirant (sans se douter qu'il y était allé
le premier) qu'un homme pût aller si loin. Ainsi
il a ouvert tous les sentiers dans lesquels sont
entrés hardiment les jeunes esprits de ce siècle; il
a donné le signal auxquels ils ont obéi, il a indiqué
le nouveau monde qu'ils ont découvert. A toute
tentative heureuse il éprouvait la joie d'un enfant;
à toute gloire nouvelle éclose, il tendait une main
bienveillante. Il encourageait, il écoutait, il gui-
dait, mais d'une main si légère! Très-savant et
très-versé dans toutes les parties de l'art, il cachait sa science, il la cachait par pitié pour ceux
qui ne savaient pas, et quelquefois par respect.

Nodier a été tout à fait l'homme de lettres, tel qu'on peut le rêver dans une époque où les lettres sont devenues la brûlante et terrible profession des malheureux qui n'en ont pas d'autre. Il n'a été que cela toute sa vie ; écrivant pour vivre et vivant au jour le jour, riche aujourd'hui, pauvre demain, content toujours. Ainsi s'est passée son innocente vie à oublier les livres qu'il écrivait, à encourager ceux des autres, à relire et à acheter les vieux livres d'autrefois, auxquels il avait voué un culte savant et sincère. Vie heureuse à tout prendre, et digne d'envie, mais qui n'a pas été sans chagrins et sans amertume. Car ce travail de toutes les heures le jetait parfois dans d'ineffables tristesses. La nécessité d'avoir l'esprit toujours tout prêt lui était odieuse, et il l'a bien montré lorsqu'après avoir remplacé dans le journal *des Débats* l'illustre critique Geoffroy, avec un rare succès, il renonça bien vite à cette tâche terrible de la critique périodique. Encore est-il vrai de dire qu'il ne trouvait supportable que cette façon-là d'avoir de l'esprit quand on est forcé d'en avoir. C'est un esprit qui a l'avantage de ne pas durer : un souffle l'emporte, rien ne reste de ces étincelles qui brillent un instant, et puis ça ne ressemble pas à un livre. Fi du livre ! « Les anciens savaient à peine ce que c'est

« qu'un livre. Démocrite, Épicure, Socrate et
« même Chrysippe, ont dicté d'innombrables cha-
« pitres, et ils n'ont pas fait de livres. *L'Iliade*
« n'est qu'une suite de chapitres épars. Athénée,
« Valère-Maxime, Aulu-Gelle, Macrobe, Montai-
« gne, Lamothe-Levayer, Diderot, ont nettement
« tranché la question : ils n'ont laissé que des pa-
« ges avec lesquelles il y a des milliers de livres à
« faire pour des milliers de générations de pédants!»
Et plus bas : « Si une méchante habitude et le
« besoin de me distraire des angoisses de la mala-
« die et des infirmités de l'âge me forçaient encore
« à écrire, ce ne serait pas pour entreprendre un
« livre. J'abandonnerais tout au plus au papier
« blanc quelques impressions, quelques histoires
« sans suite, jusqu'au jour où la mort viendra
« souffler, en riant, sur ces feuilles fugitives ! »
Ainsi a-t-il fait — peu de *livres*, mais des pages
charmantes, mais des chapitres pleins d'art et de
goût, mais des œuvres pleines de sens et d'un atti-
cisme que rien n'égale. Hélas! l'été dernier, moins
que l'été, cet automne, n'avons-nous pas lu de Nodier, dans un journal écrit pour quelques amis de
son esprit, un beau petit conte intitulé : *Franciscus
Columna!* Jamais il n'avait eu plus d'esprit et plus
de tendresse, « et croyez bien, disait-il en finissant,

que si j'écris ceci, ce n'est pas pour faire un livre,
c'est pour en acheter. »

A Dieu ne plaise que nous rappelions ici tous
les titres de Nodier à la reconnaissance et aux res-
pects! Son œuvre est faite; mais elle est éparse çà
et là dans les livres, dans les recueils, dans les re-
vues, dans les journaux, un peu partout. Restent
maintenant à recueillir ces pages errantes, à ra-
mener au bercail ces brebis vagabondes que le ber-
ger n'a pas eu le temps de réunir, faute d'un chien
de garde, et seulement alors on pourra juger quel
était cet homme d'une imagination si fraîche,
d'une science si charmante. *Les Souvenirs de Jeunesse, le Songe d'Or, Inès de las Sierras, Mademoiselle de Marsan*, les vives Satires du *Docteur
Néophobus*, les *Notices de Linguistique*, le *Dernier
Banquet des Girondins*, les *Mélanges tirés d'une
petite Bibliothèque*, et tant d'excellents articles
d'une critique excellente que les éditeurs des plus
beaux livres s'arrachaient à l'envi, compléteront
cette édition attendue et désirée. Mais n'espérez
pas cependant que jamais l'œuvre de Charles Nodier soit complète. Qui peut dire ce qu'il a écrit
dans sa vie? Qui saurait retrouver ces pages em-
portées par tous les vents du nord et du midi? Et
enfin, quand bien même vous les retrouveriez les

unes et les autres, où donc retrouver cette autre partie de Nodier, sa causerie vive et piquante, ce bon mot ingénieux, cette satire innocente, ces souvenirs, ces histoires, ces inventions, ces visions décevantes, tout Nodier : causeur plus calme, plus simple, plus vrai, mais non pas moins abondant et moins écouté que Diderot?

Il était membre de l'Académie française depuis dix ans seulement ; et l'Académie a perdu, en perdant Nodier, l'homme le plus utile de cette célèbre compagnie. Il était bibliothécaire de l'Arsenal depuis vingt ans à peine, et là seulement, dans ces murs qui se souviennent du grand Sully, il avait pu se livrer tout à l'aise à l'étude et au travail. Sa vie a été calme, utile, heureuse. Sa femme et sa fille, qu'il aimait d'un amour sans égal, l'ont entouré jusqu'à la fin d'une tendresse maternelle à la fois et filiale. Il s'abandonnait volontiers à qui le voulait guider, et il n'était jamais plus heureux que lorsqu'il n'était pas obligé d'avoir une volonté. Sa mort a été la mort d'un sage, bien qu'à son heure dernière il eût trouvé que cela était difficile de mourir.

Il avait soixante-quatre ans à peine ; il laisse après lui une femme qui l'aimait d'un amour tout filial, une fille déjà héritière de l'esprit et du ta-

lent de son père et toute une foule de petits-en-
fants qu'il a bénis avant de mourir.

Puisse cette bénédiction dernière d'un philo-
sophe et d'un chrétien profiter à cette famille que
Nodier a tant aimée!

JULES JANIN.

FRANCISCUS COLUMNA.

———◦◦◯◦◦———

Vous vous souvenez peut-être de notre ami l'abbé Lowrich, que nous rencontrâmes à Raguse, à Spalato, à Vienne, à Munich, à Pise, à Bologne, à Lausanne. C'est un excellent homme, plein de savoir, mais qui sait une multitude de choses que l'on se trouverait heureux d'oublier si on les savait comme lui : le nom de l'imprimeur d'un méchant livre, l'année de la naissance d'un sot et mille autres particularités de cette importance. L'abbé Lowrich a la gloire d'avoir découvert le véritable nom de Kuicknackius, qui s'appelait Starkius, et non pas, s'il vous plaît, Polycarpus Starkius qui a fait huit beaux hendécasyllabes sur la thèse de Kornmannus *de ritibus* et sur la thèse de Kornmannus *de ritibus et doctrinâ scarabæorum*, mais Martinus Starkius, qui a écrit trente-deux hendécasyllabes sur les puces. A cela près, l'abbé Lowrich mérite d'être connu et d'être aimé; il a de l'esprit, du cœur, une obligeance active et sincère, et il joint à ces qualités précieuses une imagination vive et singulière qui donne beaucoup d'attrait à sa conversation, tant qu'elle ne tombe pas dans les infiniment petits de la biographie et de la bibliographie. J'ai pris mon parti sur cet inconvénient, et quand je rencontre l'abbé Lowrich dans mes voyages perpétuels à la face de l'Europe, je cours à lui du plus loin que je le vois. Il n'y a pas plus de trois mois que cela m'est arrivé.

J'étais de la veille à *l'hôtel des deux Tours*, à Trévise, mais je ne m'y étais établi que fort tard, et je n'avais pas mis le pied dans la ville. Le matin, comme je descendais l'escalier, je me vis précédé par une de ces figures singulières qui ont de la physionomie de quelque côté qu'on les regarde : un chapeau comme il n'y en a point, ajusté à la tête comme on n'en ajusta jamais; une cravate rouge et verte nouée en ficelle, qui dépassait de quatre bons pouces le col de l'habit sous le côté gauche, et qui disparaissait d'autant sous le côté droit; un pantalon fort inexactement brossé sur une jambe, et dont l'autre jambe s'arrondissait en bourrelet avec une sorte de coquetterie sur le revers de la botte; le portefeuille immense enfin, le portefeuille inamovible où gisent tant de titres de livres, tant de notices, tant de plans, tant de croquis, tant de trésors inestimables pour le savant, mais que ne ramasserait pas le chiffonnier. Il n'y avait pas moyen de s'y tromper, c'était Lowrich : « Lowrich! » m'écriai-je; et nous étions dans les bras l'un de l'autre.

« Je sais où tu vas, » me dit-il après l'échange de quelques paroles amicales: et, quand j'eus appris qu'il était tout aussi

nouvellement arrivé que moi : « Tu as demandé l'adresse d'un libraire, et on t'a indiqué Apostolo Capoduro qui demeure dans
la rue des Esclavons. J'y vais aussi, mais
sans espérance, car j'ai visité deux fois son
magasin depuis dix ans, et je n'y ai jamais
vu de volumes plus anciens que les romans
de l'abbé Chiari. La vieille librairie est perdue, morte de mort, anéantie, et les temps
barbares sont venus. Mais as-tu quelque
chose de particulier à lui demander?

— Je t'avouerai, lui répondis-je que je
quitterais avec peine le nord de l'Italie sans
en emporter le *Songe de Poliphile*, dont
j'ai entendu parler comme d'une chose très-
curieuse, et qui doit, dit-on, se trouver à
Trévise s'il se trouve quelque part.

— S'il se trouve quelque part, s'écria-t-il, est une rélicence prudente, car le *Songe de Poliphile*, ou pour s'exprimer plus convenablement, l'*Hypnerotomachia* de frère François Columna, est un livre que les vieux bibliographes désignent par cette phrase caractéristique : *Albo corvo rarior*. Tout ce que je puis t'affirmer, c'est que si ce corbeau blanc se trouve dans quelque volière, comme il est impossible d'en douter, ce n'est certainement pas dans celle d'Apostolo. Je me crois même assez sûr de mon fait pour jurer ici, par les mânes d'Alde l'Ancien (Dieu veuille le tenir entouré d'une éternelle gloire), que si ce drôle d'Apostolo parvient à te fournir un exemplaire de l'*Hypnerotomachia*, sous la bonne date de 1499, la seconde rentrant à peu de chose près dans l'ordre des livres médiocres, j'entends et veux t'en faire présent aux dépens de ma propre bourse, que cet acte de muni- ficence n'allégerait pas médiocrement. »

Nous entrions au même instant dans le magasin d'Apostolo, qui, la plume suspen- due sur une feuille de papier, paraissait absorbé dans de profondes méditations. Il s'aperçut enfin de notre présence, et parut. reconnaître avec joie la figure inoubliable du bon Lowrich : « Est-ce le Seigneur, cher abbé, dit-il en l'embrassant, qui vous envoie pour me tirer du plus mortel em- barras où je me sois trouvé de ma vie? Vous ne manquez pas de savoir que je publie, depuis quelques mois, la *Gazette littéraire de l'Adriatique*, laquelle est, comme tout le monde en convient, la plus docte et la plus spirituelle des gazettes de l'Europe. Eh bien! cette gazette ingénieuse et savante, qui est destinée à faire l'admiration du monde et à rétablir ma fortune, est menacée de ne pas paraître demain, à défaut de six petites colonnes de feuilleton, que je demande inutilement à mon imagination fatiguée par l'étude et les affaires. Il faut qu'un esprit de malice ait conjuré ma ruine et porté le désordre dans mon bureau de rédaction. La jeune muse qui composait mes articles d'éducation morale est en couches; l'improvisateur qui devait me fournir ce matin une cantate d'un genre tout nouveau, m'écrit qu'il ne peut pas la terminer avant huit jours, et le profond calculateur qui traite chez nous les questions de finances et d'économie politique, s'est fait mettre hier en prison pour dettes. Ainsi, au nom du

ciel, mon cher abbé, mettez-vous à cette
table où j'ai sué sang et eau toute la nuit
sans tirer une ligne de mon cerveau,
et brochez-moi cinq ou six pages telles
quelles, ne fût-ce qu'une nouvelle qui
n'aura pas servi plus de deux ou trois fois.

—Toutbeau, repartit l'abbé de Lowrich ;
nous aurons le temps de nous occuper de tes
affaires quand nous aurons fini les nôtres.
Nous ne sommes pas venus chez toi, mon
ami de Paris et moi, du fond de la Nor-
wége, pour suppléer à la cantate absente
d'un improvisateur paresseux, et grossoyer
un feuilleton, mais pour voir quelques-uns
de ces livres qui valent au moins la peine
et les frais du voyage, une bonne édition
princeps bien avérée, un *quinquecentiste* de
bonne date et de bonne conservation, un

volume *aldin* de valeur dont les relieurs anglais et français ont daigné ménager les marges. Commençons par là, si faire se peut; nous verrons après. Un feuilleton est bientôt fait.

— Comme il vous plaira, répondit Apostolo; et j'y consens d'autant plus volontiers, que cet examen ne nous prendra pas bien du temps. Je n'ai qu'un volume qui soit digne d'être soumis à des connaisseurs tels que vous; mais c'est un volume, ajouta-t-il en tirant de sa triple enveloppe un in-folio de belle apparence... un volume, continua-t-il d'un air solennel, quand il l'eut tout à fait dégagé de sa prison de papier végétal, — un volume, enfin... » Et il tendit le volume à l'abbé Lowrich en attachant sur lui un regard plein d'assurance et de fierté.

« Malédiction ! » murmura Lowrich après avoir exploré d'un coup d'œil, suivant sa coutume, le trésor inconnu. — Puis il se retourna de mon côté, mais bien différent de ce qu'il était un moment auparavant, les bras pendants, l'œil abattu, le front pâle. « Malédiction ! » grommela-t-il en français d'une voix à peine articulée et de manière à n'être entendu que de moi ; c'est ce damné de livre que je me suis engagé à te donner, s'il se rencontrait ici, la *Poliphile* d'édition originale... le traître qu'il est, et beau, je t'en réponds, comme s'il sortait de la presse. Voilà des coups du sort qui ne sont réservés qu'à moi...

— Rassure-toi, repartis-je en riant, nous l'obtiendrons peut-être à meilleur marché que tu ne penses.

4.

— Et combien maître Apostolo demande-t-il de cette rareté?

— Ah! ah! dit Apostolo; les temps sont durs et l'argent est rare. J'en aurais demandé autrefois cinquante sequins au prince Eugène, soixante au duc d'Abrantès, et cent à un Anglais; mais il faut que je le cède aujourd'hui pour quatre cents malheureuses livres de Milan, qui font exactement quatre cents francs de France. Je n'en rabattrais pas deux *quarantani*.

— Quatre cents rats affamés qui dévorent tes livres du premier jusqu'au dernier! interrompit Lowrich, furieux. Qui diable a jamais vu exiger quatre cents livres d'un méchant bouquin?...

— Un méchant bouquin! reprit vivement Apostolo, presque aussi animé que

Lowrich... une édition *princeps* de 1467, la première de Trévise, et peut-être de l'Italie; un chef-d'œuvre de typographie et de gravure dont les figures ne peuvent être attribuées qu'à Raphaël; un ouvrage admirable dont l'auteur est resté ignoré jusqu'ici, malgré toutes les recherches des savants; une pièce unique ou presque unique enfin, dont vous-même, seigneur abbé, vous ne connaissiez peut-être pas l'existence; il vous plaît d'appeler cela un méchant bouquin! »

L'agitation de Lowrich s'était calmée pendant cette tirade véhémente; il s'était assis tranquillement, en posant son chapeau sur la table du libraire, et il essuyait la sueur de son front comme un homme excédé par de longues et pénibles fatigues qui vient de trouver un lieu propre à se reposer tout à l'aise.

« As-tu fini, Apostolo? dit-il d'un ton calme où perçait cependant je ne sais quelle satisfaction maligne, c'est ce que je puis souhaiter de mieux pour ta gloire et tes intérêts; car, en quatre mots que tu viens de nous dire, tu as desserré quatre énormes sottises, et pour peu qu'il te plût de continuer, je n'aurais pas assez d'un jour pour les récapituler une à une; ce qui ne me laisserait pas le temps de rédiger ton indispensable feuilleton. Première sottise : il n'est pas vrai que le livre que voilà soit une édition de Trévise, imprimée en 1467, car c'est une édition de Venise, imprimée en 1499, dont on a soustrait le dernier feuillet pour te tromper sur la date, et je

n'avais pas pris garde à cette imperfec-
...tion, qui réduit de plus de moitié la valeur
de ton exemplaire. Ton heureuse fortune
veut que je sois en état d'y remédier, car le
hasard m'a fait trouver l'autre jour ce
feuillet précieux parmi des papiers d'em-
ballage, et je l'ai soigneusement réservé
pour une occasion que je ne croyais pas
rencontrer si tôt. Nous verrons tout à l'heure
à quel prix je peux te le céder. »

En parlant ainsi, l'abbé Lowrich exhi-
bait de son carton la désirable *plagula*, et
la rajustait soigneusement au volume. « C'est
que ce folio va parfaitement à mon livre,
dit Apostolo ; mais je suis obligé de convenir qu'il en change un peu la nature. Où
diable avais-je pris que ce fût ici la première édition de Trévise?

— Passons là-dessus, reprit Lowrich, nous ne sommes pas au bout. Seconde sottise : il n'est pas vrai que les dessins de ce livre puissent être attribués à Raphaël, soit que l'édition date de 1467, soit qu'elle n'ait été exécutée qu'en 1499, comme tu viens d'en avoir la preuve, Raphaël étant né à Urbin en 1483, comme personne n'en doute, c'est-à-dire seize ans après la confection du manuscrit, qui remonte bien à 1467, et les plus grands admirateurs de ce peintre sublime ne pouvant supposer qu'il ait dessiné si correctement et si élégamment seize ans avant sa naissance. C'est donc un autre Raphaël qui a exécuté ces belles choses, et celui-là, digne Apostolo, il n'y a que moi qui le connaisse. Attends un peu, je n'ai encore compté que par deux

« Troisième sottise : il n'est pas vrai que l'auteur de ce livre sôit resté jusqu'à ce jour ignoré de tous les savants, car tous les savants savent au contraire, et la plupart des ignorants n'ignorent pas qu'il est l'ouvrage de François Colonne ou Columna, dominicain du couvent de Trévise, où il est mort en 1467, quoi qu'en disent quelques biographes étourdis qui l'ont confondu avec le savant docteur Francesco di Colonia, son presque homonyme, lequel lui survécut près de soixante ans. Ils sont enterrés tous les deux à quelques centaines de pas de ta boutique. Après ce que je viens de te dire, Apostolo, je peux me dispenser de te démontrer que tu es tombé dans une quatrième bévue, plus lourde que les trois autres, en supposant que l'existence de ton magnifique bouquin m'était inconnue, et je ne sais ce qui me retient de te prouver que je le sais par cœur.

- — Pour le coup, répliqua vivement Apostolo, je vous en défie, car il est écrit dans une langue si hétéroclite qu'il n'est âme qui vive parmi mes amis de Trévise, de Venise et de Padoue qui ait osé entreprendre d'en déchiffrer une page, et si vous le savez par cœur, comme vous dites, je consens à vous le donner pour rien, sacrifice que je ferai très-volontiers, d'ailleurs, en raison des excellentes instructions que je viens de recevoir de vous ; car j'étais tout près d'annoncer ce volume dans ma *Gazette littéraire de l'Adriatique*, sous le faux point de vue que vous savez, et il y avait de quoi me faire perdre à jamais la haute et bonne réputation dont je jouis en librairie.

— Ce que tu viens de dire toi-même, répondit l'abbé Lowrich, sur le style véritablement fort bizarre de notre auteur, et sur les vains efforts de tant de docteurs qui se sont efforcés de l'interpréter, prouve assez que tu me demandes là une vérification fastidieuse et insupportable qui prendrait d'ailleurs notre journée tout entière. Et que deviendrait ton feuilleton pendant que je réciterais l'*Hypnérotomachie* depuis *alpha* jusqu'à *oméga?* J'accepte cependant ton défi, si tu veux te contenter d'une expérience qui n'est pas moins décisive, mais qui sera plus expéditive et plus facile. Les chapitres de ton livre ne sont déjà que trop nombreux pour fatiguer ta patience, et je m'engage à t'en livrer toutes les initiales,

3

en commençant successivement par le premier, sur lequel je vois que tu viens de mettre le doigt.

— Soit fait ainsi qu'il est dit, repartit Apostolo; et la première lettre du premier chapitre...

— Est un P, dit Lowrich. Cherche le second? »

La kyrielle était longue, mais l'abbé la défila jusqu'au trente-huitième et dernier chapitre, sans se déconcerter un moment et sans se tromper une fois.

« Deviner une lettre initiale entre vingt-quatre, cela peut arriver par grand hasard et sans que le diable s'en mêle, observa tristement Apostolo, mais pour renouveler ce tour trente-huit fois de suite, il faut que le jeu soit pipé. Prenez ce volume, seigneur abbé, et qu'on ne m'en reparle jamais!

— Dieu me garde, répondit Lowrich, d'abuser à ce point de ton innocente candeur, ô le phénix des bibliophiles! Ce que tu viens de voir n'est qu'un tour de passe-passe à peine digne d'un écolier, et que tu pourras tout à l'heure exécuter comme moi. Apprends donc que l'auteur de ce livre a jugé à propos de cacher son nom, sa profession et le secret de son amour dans les initiales de ses trente-huit chapitres, qui composent entre elles une phrase dont je te conseille de ne pas demander le secret à la *Biographie universelle* de Paris, car elle te ferait perdre la gageure que je viens de te gagner. Cette phrase simple et touchante est d'ailleurs facile à retenir : *Poliam fra-*

ter Franciscus Columna peramavit, le frère François Colonne adora Polia. Tu en sais maintenant aussi long sur ce point que Bayle et Prosper Marchand.

— Cela est singulier, dit à demi-voix Apostolo. Ce dominicain était amoureux. Il y a une nouvelle là-dedans.

— Pourquoi pas? répliqua Lowrich. Reprends maintenant la plume, et cherchons un feuilleton, puisque tu ne peux pas t'en passer. »

Apostolo se rajusta commodément sur sa chaise, trempa sa plume dans l'encre, et écrivit ce qui suit, en commençant par ce titre dont je me suis fort éloigné dans une trop longue parenthèse :

FRANCISCUS COLUMNA,
NOUVELLE BIBLIOGRAPHIQUE.

La famille Colouna est certainement une des plus considérables de Rome et de l'Italie, mais toutes ses branches n'ont pas été favorisées d'une égale prospérité. Sciarra Colouna, gibelin passionné, qui fit Boniface VIII prisonnier des Agnani, et s'emporta, dans l'ivresse de sa victoire, jusqu'à donner un soufflet au souverain pontife, expia cruellement ses violences sous le règne de Jean XXII. Il fut exilé de Rome à perpétuité en 1328, ses enfants dégradés avec lui de noblesse, et tous ses biens confisqués au profit d'Étienne Colouna, son frère, qui n'avait jamais abandonné le parti des guelfes. Les descendants de l'infortuné Sciarra s'éteignirent, comme lui, à Venise, dans une misère obscure. Il ne restait, en 1444, qu'un seul héritier à tant de mal-

heurs, François Colouna, né au commence-
ment de cette année, doublement orphelin,
de son père, assassiné la veille, et de sa
mère, qui mourut en lui donnant le jour.
Francesco, adopté par la piété de Jacques
Bellini, célèbre peintre d'histoire, et ten-
drement élevé parmi ses enfants, se montra
digne des soins généreux qu'il avait reçus
de son père et de ses illustres frères d'a-
doption, Jean et Gentile Bellini. Dès l'âge
de dix-huit ans, il renouvelait dans l'histoire de la peinture le prodige tout récent
des triomphes précoces du jeune Mantegna : Giotto avait un rival de plus. Cependant la fatalité qui n'a cessé de s'attacher
à la vie de Francesco ne permit pas à ses
succès de devenir de la gloire : c'est sous
le nom de Mantegna ou des Bellini qu'on

admire aujourd'hui les chefs-d'œuvre de son pinceau.

La peinture était loin d'ailleurs d'être l'objet exclusif de ses études et de ses affections ; il ne lui accordait qu'une importance secondaire parmi les arts qui embellissent le séjour de l'homme. L'architecture, qui élève aux dieux des monuments, intermédiaires solennels entre la terre et le ciel, absorbait au contraire la plus grande partie de ses pensées ; mais il n'en cherchait pas les lois et les merveilles dans les créations gigantesques de l'art contemporain, caprices bizarres et souvent grotesques de la fantaisie, auxquels manquait, selon lui, l'aveu de la raison et du goût. Entraîné par le mouvement de la Renaissance, qui commençait à se faire sentir en

Italie, Francesco n'appartenait plus que
sous le rapport de la foi à ce monde des
modernes que le christianisme avait re-
nouvelé; l'antiquité avait d'ailleurs toute
son admiration et tout son culte, et une
étrange alliance s'était opérée dans son esprit entre les croyances de l'homme religieux et l'esthétique du païen. Il portait
trop loin cette préoccupation pour voir dans
les langues modernes elles-mêmes autre
chose que des jargons rustiques plus ou
moins grossièrement corrompus par les
barbares, qui n'étaient bons qu'à servir
d'interprètes à l'homme dans les nécessités
matérielles de la vie, et qui ne pouvaient
s'élever jusqu'à la traduction éloquente ou
poétique des idées et des sentiments. Il ré-
sulte de là qu'il s'était composé pour son

usage une sorte de dialecte intime où l'italien n'entrait que pour quelques formes
de syntaxe et quelques douces désinences,
mais qui relevait plus immédiatement des
Homérides ou de Tite-Live et de Lucain
que de Boccace et de Pétrarque. Ce tour
singulier d'esprit, qui était alors le propre
d'une organisation originale et d'un caractère destiné, selon toute apparence, à exer-
cer une grande influence sur le siècle, avait
isolé Francesco du reste du monde. Il y
passait généralement pour un visionnaire
mélancolique en proie aux illusions de son
génie, et insensible aux douceurs de la vie
commune. On l'apercevait cependant quelquefois dans le palais de l'illustre Léonora
Pisani, héritière, à vingt-huit ans, de la
plus immense fortune qui fût connue dans

tous les États vénitiens, après celle de sa cousine Polia, fille unique du dernier des Poli de Trévise; mais c'est que la maison de Léonora était en ce temps-là le sanctuaire de la poésie et des arts, et que l'influence de cette muse appelait irrésistiblement autour d'elle tous les talents de son époque. On remarqua bientôt que Francesco y paraissait plus fréquemment, quoique plus absorbé dans ses rêveries et plus triste que de coutume; mais ses visites se ralentirent tout à coup, et puis il ne revint plus.

Polia des Poli, dont je viens de parler, était alors au palais de Pisani, où Léonora l'avait décidée à venir passer les folles semaines du carnaval. Plus jeune de huit ans que sa cousine, et plus belle que Léonora

elle-même, Polia, vouée, comme un grand
nombre de jeunes filles de haute extraction,
à des études sérieuses, profitait de son séjour dans la capitale du monde savant pour
se perfectionner dans des connaissances
aujourd'hui tout à fait étrangères à son
sexe, et l'habitude de ces méditations so-
lennelles avait donné à sa physionomie
quelque chose de froid et d'austère qui passait pour de l'orgueil. On s'en étonnait peu,
toutefois, car c'était en Polia que finissait
l'ancienne famille Lélia de Rome, dont elle
descendait par Lélius Maurus, fondateur de
Trévise ; elle était élevée sous les yeux d'un
père impérieux et hautain, si fier de la
splendeur de sa race, qu'il aurait regardé
comme une mésalliance le mariage de sa
fille avec le plus grand prince de l'Italie, et

on savait d'ailleurs que les trésors dont elle
aurait à disposer un jour pouvaient suffire
à la dot d'une reine. Elle avait cependant
accordé à Francesco quelques témoignages
d'une bienveillance presque affectueuse
dans leurs premières entrevues ; mais elle
semblait s'être prescrit peu à peu une ré-
serve qui allait jusqu'à la sévérité, pour
ne pas dire jusqu'au dédain, et quand il
s'abstint tout à coup de se montrer au palais Pisani, elle ne le regardait plus.

C'était dans le courant du mois de fé-
vrier 1466. Le printemps, souvent précoce
dans cette belle contrée, commençait à la
combler de toutes ses faveurs. Polia se dis-
posait à retourner à Trévise, et sa cousine
multipliait autour d'elle les fêtes variées
qui pouvaient lui rendre le séjour de Venise

plus doux et plus difficile à quitter. Un
jour avait été pris pour des promenades en
gondole sur le grand canal et sur ce bras
large et profond qui sépare la ville reine
des solitudes de son *Lido*. Francesco n'a-
vait pas été oublié dans les invitations de
de Léonora Pisani, et la lettre qu'il en avait
reçue renfermait des reproches si aimables
et si touchants sur sa longue absence, qu'il
ne conçut pas la possibilité d'un refus. Polia était d'ailleurs, comme nous l'avons dit,
à la veille de son départ, et il est permis
de croire que Francesco désirait de la revoir
encore, malgré la froideur ordinaire de son
accueil; car, en réfléchissant de plus en
plus au changement extrême qui s'était si
promptement manifesté dans leurs rela-
tions, il avait fini par se persuader que

cette capricieuse métamorphose avait un autre motif que la haine. Il se trouva donc sur les degrés du palais Pisani, où était le rendez-vous général, au départ des gondoles. Les dames masquées et couvertes de dominos tous semblables, sortirent en foule du vestibule au signal convenu, et chacune d'elles vint choisir, suivant l'usage, avec la décente familiarité que le déguisement autorise, le compagnon qu'il lui plaisait de se donner en voyage. Cette méthode, plus gracieuse et mieux entendue que celle qui lui a succédé dans les bals et les assemblées, offrait d'ailleurs des inconvénients beaucoup moins graves, les femmes n'étant jamais plus attentives au soin de leur réputation que dans les occasions trop rares où la garde en est remise à elles seules.

Francesco attendait donc, immobile et les yeux baissés, qu'on daignât penser à lui, quand une jolie main gantée vint s'appuyer sur son bras. Il accueillit l'inconnue avec un empressement modeste et respectueux, et la conduisit à la gondole qui était préparée pour les recevoir. Un instant après, l'élégante flottille voguait au bruit cadencé des rames sur la face calme et polie du canal.

La dame, qui s'était assise à la gauche de Francesco, resta quelque temps silencieuse, comme si elle avait eu besoin de se recueillir et de dominer, avant de parler, quelque émotion involontaire; ensuite elle détacha les cordons de son masque, le rejeta sur son épaule, et attacha ses yeux sur Francesco avec cette assurance douce et sérieuse que donne aux âmes élevées la conscience d'elles-mêmes. C'était Polia. Francesco trembla et sentit un frisson subit se glisser dans toutes ses veines, car il ne s'était attendu à rien de pareil ; puis il pencha la tête et couvrit ses yeux de sa main, dans la crainte qu'il n'y eût une sorte de profanation à regarder Polia de si près.

« Ce masque est inutile, dit Polia ; je n'ai aucune raison de profiter de l'usage qui m'autorise à le garder ; l'amitié n'en a pas besoin, et ses sentiments sont trop purs pour qu'elle ait à rougir de les exprimer. Ne vous étonnez pas, Francesco, continua-t-elle après un moment de silence, de m'entendre parler de mon amitié pour vous, après tant de jours de rigoureuse contrainte où j'ai pu vous donner lieu d'en douter. Mon sexe est soumis à des lois particulières de bienséance qui ne lui permettent pas d'abandonner ses sympathies les plus légitimes aux interprétations de la multitude, et il n'y a rien de plus difficile que de feindre dans une juste mesure une indifférence de cœur qu'on n'éprouve pas. Aujourd'hui, je vais quitter Venise, et quoique je sois destinée à vivre fort près de vous, il est assez probable que nous ne nous reverrons jamais. Il n'y a plus désormais entre nous de communication possible que celle du souvenir, et je ne voulais pas vous quitter en vous laissant de moi une idée fausse, et en emportant de vous une idée inquiète et pénible qui troublerait le repos de ma vie. J'ai pourvu à la première par une explication que je croyais vous devoir; j'attends de votre sincérité que vous me rassurerez sur la seconde par une confidence que vous me devez peut-être aussi. Ne vous alarmez pas, Francesco ; vous allez rester le seul juge de la convenance de mes questions. »

Depuis un moment Francesco avait découvert ses yeux abattus ; il osait voir Polia ; il recueillait ses paroles avec une attention avide. « Ah ! madame, s'écria-t-il, Dieu m'en est témoin ! mon âme n'a pas un secret qui ne vous appartienne.

— Votre âme a un secret, reprit Polia, un secret qui afflige vos amis, et que certaines personnes parmi celles qui vous aiment le mieux peuvent avoir intérêt à pénétrer. Doué de tous les avantages qui promettent un heureux avenir : la jeunesse, le génie, le savoir et déjà la gloire, vous

vous abandonnez cependant aux langueurs d'une tristesse mystérieuse, vous vous consumez dans un souci inconnu, vous négligez les travaux sur lesquels votre réputation s'est fondée, vous fuyez le monde qui vous cherche, pour cacher dans une solitude presque impénétrable des jours que tant de succès devraient embellir ; enfin s'il faut s'en rapporter aux bruits qui se répandent, vous êtes sur le point de rompre entièrement avec la société des hommes et de vous enfermer dans un monastère. Ce que je viens de vous dire est-il vrai ?

Francesco paraissait agité de mille émotions diverses. Il eut besoin de quelques instants pour rassembler ses forces. « Oui, madame, répondit-il, cela est vrai ; tout cela du moins était vrai ce matin. Un événement survenu depuis a changé le cours de mes idées, sans changer mes résolutions. J'entrerai dans un monastère, et mes engagements sont irrévocables ; mais j'y entrerai l'esprit plein de consolation et de joie, car mon existence est complète, et je n'en conçois point de si heureuse sur la terre, qu'elle puisse me faire envie. Né obscur et pauvre, mais plus fort que ma fortune, je n'avais mesuré mon malheur qu'au vide immense dans lequel mon cœur était plongé. Ce vide est rempli par la plus délicieuse des espérances : vous vous souviendrez de moi ! »

Polia le regarda doucement. « Je veux bien, dit-elle, ne pas voir dans vos paroles un simple jeu de l'imagination ou une de ces condescendances flatteuses de la politesse avec lesquelles on croit payer assez l'amitié. Il me semble que ce langage artificieux des gens froids n'est pas de mise entre nous. Je crois donc que je commence à comprendre une partie des choses que vous m'avez dites, à votre résolution près; mais, ajouta-t-elle en souriant, je ne les comprends pas assez.

— Vous allez les comprendre mieux, répliqua Francesco, encouragé, car je vous dirai tout. Pardonnez cependant au trouble et à l'irrésolution de mes paroles, car de toutes les circonstances de ma vie, celle-ci est la plus imprévue.

« La position étrange dans laquelle je suis né, sans parents, sans protecteur, presque sans ami, déchu d'un grand nom et d'une fortune indépendante, suffirait sans doute à expliquer ma mélancolie naturelle. C'est une cruelle confidence à se faire que celle d'un malheur attaché au berceau et qui poursuit toute la vie. Cette idée est cependant la première dont j'aie pu me rendre compte. Je devais acquitter la dette matérielle de la reconnaissance avant de penser un moment à moi, et je n'ai pas besoin de vous dire que j'y suis parvenu. Dès lors mon courage s'était raffermi ; je regrettais peu les grandeurs et l'opulence évanouies pour jamais. J'allais plus loin : je me félicitais quelquefois, dans mon orgueil d'enfant, de devoir toute mon illustration à moi-même, et de pouvoir forcer un jour la famille qui me repousse à envier la célébrité de mon nom répudié. Telles sont les illusions de l'inexpérience et de la vanité. Un jour devait tout détruire et me rappeler à mon infortune et à mon néant.

« Hélas! continua Francesco, c'est ici le mystère que votre curiosité trop bienveillante témoigne le désir de connaître, et que la raison me faisait une loi de tenir caché dans mon sein. Mais comment oserai-je vous révéler ces secrets tristes et profonds des cœurs malades que la philosophie et la sagesse regardent comme une infirmité puérile de l'esprit, et au-dessus desquels l'élévation de votre caractère vous tient trop hautement placée pour que vous daigniez leur accorder un autre sentiment que la pitié? J'aimai, madame!... »

Ici Francesco s'arrêta quelque temps; mais rassuré par un regard de Polia, il poursuivit en ces termes :

« J'aimai sans y avoir pensé, sans apprécier les conséquences de mon extravagante passion, sans les redouter pour l'avenir, car je vivais tout entier dans les impressions du présent. J'aimais une femme que l'on désignerait à tout le monde en peignant les rares qualités dont elle est revêtue, qui joint à la beauté toutes les perfections de l'intelligence et de l'âme, et que le ciel semble n'avoir confiée à la terre que pour nous rappeler l'inexprimable félicité de la condition que nous avons perdue. Je l'aimai, madame, sans me souvenir qu'elle était noble parmi tous les nobles, qu'elle était riche parmi tous les riches ; que j'étais, moi, le pauvre Francesco Colonna, l'élève inconnu de Bellini, et que tous les efforts d'un travail heureux ne me conduiraient jamais qu'à une réputation stérile. Tel est l'effet de cette passion qui éblouit, qui aveugle, qui tue. Quand la réflexion m'eût ramené à moi-même, quand j'eus sondé d'un œil effrayé, avec le rire amer du désespoir, l'abîme vers lequel j'avais fait tant de chemin sans le savoir, il n'était plus temps de retourner sur mes pas : j'étais perdu.

« La première pensée des malheureux, c'est de mourir; celle-là est aussi commode que naturelle, parce qu'elle tranche toutes les questions et remédie à tous les embarras. Mais cette mort désespérée, loin de hâter le jour où je dois me rapprocher d'Elle dans un monde meilleur, ne pouvait-elle pas m'en séparer à jamais? Ce fut une idée toute nouvelle qui retint mon bras prêt à frapper; je mesurai le profond avenir dont allait me priver l'impossibilité de suffire à une résignation de quelques jours. Je me condamnai douloureusement à vivre sans espérance, mais sans crainte, pour atteindre à ce moment où deux âmes, affranchies de tous les liens qui ont pesé sur elles, se cherchent, se reconnaissent et s'unissent pour toujours. Je fis de celle que j'aime un objet de culte pour ma vie entière; je lui élevai un autel inviolable dans mon cœur, et je m'y dévouai moi-même comme un immortel sacrifice. Vous dirai-je, madame, que, sous mon invincible tristesse, ce projet, une fois arrêté, se mêla de quelque joie? Je compris que cet hymen, qui commençait par le veuvage pour aboutir à la posses-sion, était peut-être préférable aux mariages ordinaires, qui finissent par les jours mauvais. Je ne vis plus dans les années qui me restent à passer parmi les hommes qu'une longue veille de fiançailles que la mort couronnera d'une félicité éternelle; je sentis la nécessité de m'isoler du monde pour me recueillir dans un sentiment austère, et cependant délicieux, qui ne souffre point de partage, et c'est pour cela que j'embrasse les devoirs de la profession monastique. Dieu veuille le pardonner à la faiblesse de sa créature! Le serment qui me dévoue à lui dans trois jours, c'est le serment qui m'unit indissolublement à celle que j'aime et qui ne me donnera des droits sur elle que dans le ciel. Permettez-moi de répéter en finissant, madame, que l'accomplissement de ce dessein ne coûte plus rien à ma résignation, depuis qu'une compassion généreuse m'a laissé concevoir l'espérance de n'être pas oublié.

—Dans trois jours, s'écria Polia!... En vérité, reprit-elle, j'ai eu trop peu de temps à réfléchir sur le secret que vous venez de me confier pour oser m'arrêter à une opinion et surtout à un jugement; mais il me semble que si la femme pour laquelle vous avez conçu de pareilles résolutions ne les ignore pas comme je les ignorais tout à l'heure, elle était indigne de les inspirer.

—Elle les ignore, reprit Francesco, car elle ignore que je l'aime. Oh! sans doute, mon cœur aurait puisé des consolations ineffables dans l'idée qu'elle connaissait mon amour, qu'elle n'y était pas absolument insensible, et qu'elle pourrait lui accorder

du moins le souvenir de la pitié! De tous
les tourments de l'amour, le plus cruel peut-
être est de rester inconnu de ce qu'on aime;
de tous les sentiments, cette morne indifférence qu'on ressent pour l'étranger est
peut-être le plus pénible que l'amour puisse
craindre. Mais pourquoi jeter dans un cœur
paisible et heureux des douleurs qu'on est
à peine capable de supporter pour soi-
même? Ou ma passion serait rebutée,
comme je le suppose, et qu'aurais-je alors
gagné à vérifier ce triste doute? ou elle serait partagée, et j'aurais à souffrir pour
deux. Que dis-je, souffrir pour deux! Mon
désespoir à moi, c'est ma vie, puisque je
me suis trouvé assez de force pour vivre
avec lui. Le sien m'aurait déjà tué.

— Vous portez vos suppositions trop

loin, Francesco, répliqua vivement Polia. Qui sait si elle n'éprouve pas les mêmes peines et les mêmes angoisses que vous? Qui sait si elle n'aspire pas au moment de vous l'apprendre? Que diriez-vous si cette fille noble et riche dont l'éclat vous éblouit, mais dont l'âme n'est probablement pas plus calme que la vôtre, que diriez-vous, Francesco, si, libre, elle venait vous offrir sa main, si, soumise à un pouvoir respectable et inflexible, elle venait vous la promettre?

— Ce que je dirais, Polia? répondit Francesco avec une froide dignité, je la refuserais. Pour oser aimer celle que j'aime, il faut être jusqu'à un certain point digne d'elle, et ma plus constante étude a été d'ennoblir mon âme pour la rapprocher de la sienne. De quel droit accepterais-je les priviléges d'une haute position que la société me refuse? De quel front irais-je m'asseoir au banquet de la fortune, moi qui n'ai pour apanage que l'obscurité et la misère? Oh! plutôt mille fois l'horrible chagrin qui me consume, que la honteuse renommée d'un aventurier repoussé par le monde et enrichi par l'amour!

— Je n'avais pas fini, interrompit Polia. Ce scrupule est exagéré, mais je le comprends et je le partage. Le monde, comme il est fait, demande d'étranges sacrifices, et celui-là vous serait peut-être commandé par votre caractère; mais un caractère de la même trempe que le vôtre pourrait y répondre par un autre genre d'abnégation. La grandeur et la fortune sont des accidents

capricieux du hasard dont on peut se dé-
pouiller quand on veut. L'artiste et le poëte
est le même partout : il a partout des succès et de la gloire ; mais au delà d'un bras
de mer, la femme riche et titrée qui a su
abdiquer ces vains priviléges de la naissance n'est autre chose qu'une femme. Si
cette femme venait vous dire : Ma grandeur, j'y renonce ; ma fortune, je l'aban-
donne ; me voilà prête à devenir plus
humble et plus pauvre que toi, et à te re-
mettre, comme à mon seul appui, toute la
destinée de ma vie, — Francesco, que lui
répondriez-vous ?

—Je tomberais à ses genoux, dit Francesco, et je lui répondrais ainsi : Ange du ciel !
gardez le rang et les avantages que le ciel
vous a donnés ; vous devez être et rester

ce que vous êtes, et le malheureux qui serait capable de se laisser entraîner à ce
tendre et sublime élan de votre cœur n'aurait jamais mérité d'y occuper une place. Il
ne peut plus s'élever jusqu'à vous que par
une constante résignation, facile à qui espère, et surtout à qui est aimé. Ce n'est pas
moi qui vous ferai descendre du rang où
Dieu ne vous a point placée sans motif,
pour vous soumettre aux vicissitudes d'une
existence inquiète, empoisonnée par des
besoins qui se renouvellent sans cesse, et
peut-être un jour par d'incurables regrets.
Ma félicité est complète maintenant : elle
passe toutes mes espérances, puisque vous
m'avez accordé tout ce que vous pouviez
dérober aux obligations que vous impose
votre nom. Vous m'aimez, ajouterais-je, et

vous m'aimerez toujours, puisque vous n'a-
vez pas reculé devant la résolution de donner votre vie à la mienne. Votre vie, ô ma
bien-aimée! je l'accepte et je la prends
comme un dépôt sacré dont je vous rendrai
bientôt compte devant le Seigneur notre
juge; car la vie est courte, même pour ceux
qui souffrent, quoi qu'en disent les faibles
cœurs. Cette terre n'est qu'un lieu de passage où les âmes viennent s'éprouver; et si
votre âme, aussi fidèle qu'elle est dévouée,
reste mariée à la mienne pendant les années que le temps nous mesure encore,
l'éternité tout entière est à nous...»

Polia garda quelque temps le silence.
«Oui! oui! s'écria-t-elle avec exaltation,
Dieu n'a point institué de sacrement plus
saint et plus inviolable. C'est ainsi qu'un

amour tel que le vôtre a dû concilier ses espérances et ses devoirs dans un hymen du cœur que le reste des hommes ne connaît point, et votre épouse du ciel vous parlerait comme je vous parle si elle vous avait entendu.

— Elle m'a entendu, Polia, répliqua Francesco en laissant retomber sa tête dans ses mains, avec un torrent de larmes.

— Ainsi, reprit Polia, comme si elle n'avait pas compris ces dernières paroles, vous prendrez dans trois jours l'habit d'un des ordres religieux de Venise?...

— De Trévise, repartit Francesco. Je ne me suis pas interdit jusqu'au bonheur de l'apercevoir quelquefois encore!

— De Trévise, Francesco? où vous ne connaissez que moi?...

— Que vous! » repartit Francesco.

En ce moment, la main de la jeune princesse se trouva liée dans celle du jeune peintre. « Nous n'avons pas remarqué, dit-elle en souriant, que la gondole s'arrêtait et qu'elle est déjà de retour au palais Pisina; mais nous n'avons plus rien à nous dire sur la terre. Cependant notre dernier adieu n'est pas sans douceur, si nous nous sommes bien compris, et notre première entrevue sera plus douce encore.

— Adieu à jamais! dit Francesco.

— Adieu à toujours! » dit Polia. Puis elle rattacha son masque et descendit.

Le lendemain, Polia était à Trévise. Trois jours après, on sonnait au couvent des dominicains ce glas emblématique qui annonce la profession d'un nouveau religieux et sa mort éternelle au monde. Polia passa la journée dans son oratoire.

Francesco se soumit facilement à sa nouvelle destinée. Quelquefois il regardait son entretien avec Polia comme un rêve ; mais, plus souvent, il s'en retraçait les moindres détails avec un enthousiasme d'enfant, et il allait jusqu'à se féliciter d'avoir inspiré, dans son malheur, un amour qui ne craignait pas du moins les vicissitudes de la fortune et de l'âge. Il s'accoutuma en peu de jours à partager son temps entre les devoirs du religieux et les loisirs laborieux de l'artiste, peignant tantôt ces fresques pures et naïves qu'on admire encore dans le couvent des dominicains, quoique l'orgueilleuse insouciance de l'art moderne les ait laissé dégrader, tantôt rassemblant dans

un livre, objet favori de ses études, toutes
les impressions de son génie, et surtout de
son amour. Il avait pris pour cadre de cet
ouvrage vaste et bizarre, où il espérait re-
vivre tout entier, la forme un peu vague
d'un songe, et rien n'était plus propre, selon lui, à représenter, dans sa confusion
apparente, l'enchaînement fortuit des idées
d'un solitaire abandonné à sa pensée. On
sait qu'à la faveur d'un des rares moments
où il lui était permis d'échanger avec Polia
quelques tendres paroles, il avait reçu l'assurance qu'elle accepterait la dédicace de
cet étrange poëme, et il nous apprend lui-
même qu'elle l'aida de ses conseils. C'est
ainsi qu'il renonça tout à fait à la langue
vulgaire dans laquelle il l'avait conçu et
commencé (*lasciando il princiniato stilo*),

pour s'y livrer à cette langue savante où il
n'eut ni modèles ni imitateurs, et que lui
fournissaient au courant de la plume ses
doctes préoccupations d'antiquaire. Une
année s'était écoulée dans ces doux travaux
mêlés de douces illusions, et Francesco
venait de mettre la main à son ouvrage,
quand la nouvelle la plus accablante qui
pût navrer son cœur franchit les murailles
des dominicains. Le jeune Antonio Grimani, depuis amiral et doge de la républi-
que, mais déjà le plus brillant de ses nobles
et la plus haute de ses espérances, venait
de demander la main de Polia, et on ajou-
tait que la main de Polia lui avait été ac-
cordée.

C'était le jour où Francesco devait présenter son livre à Polia. Il se raffermit sous

le coup qui venait de le frapper, se rendit au palais et s'arrêta sur le seuil de l'appartement : « Venez, mon frère, dit Polia en l'apercevant ; venez nous communiquer ces secrètes merveilles de votre art, trésor que l'humilité chrétienne refuse au monde, et dont nous devons seule obtenir la confidence. » En même temps elle éloigna du geste ses femmes et ses gens, et Francesco resta seul devant elle.

Ses jambes défaillirent sous lui, une sueur froide inonda son front, ses artères battirent avec violence, son sein se gonfla comme s'il allait éclater.

Polia releva ses yeux du manuscrit sur le moine. La pâleur de Francesco, l'auréole sanglante qui ceignait ses yeux épuisés de larmes, le tremblement convulsif de ses mains livides et pendantes, lui révélèrent ce qui se passait dans le cœur de son amant. Elle sourit avec fierté.

« Vous avez entendu parler, lui dit-elle, de mon prochain mariage avec le prince Antonio Grimani ?

— Oui, madame, répondit Francesco.

— Et qu'avez-vous pensé, Francesco, de cette alliance ?...

— Qu'aucun homme n'est digne d'en contracter une telle avec vous, mais que le prince Antonio y avait plus de droits que personne, et qu'elle paraît remplir les vœux de Venise... et les vôtres. Puisse-t-elle être heureuse à jamais !

— Je l'ai refusée ce matin, » reprit Polia.

Francesco la regarda, comme pour cher-

8.

cher dans les yeux·de Polia si sa bouche
n'avait pas trahi sa pensée.

« Vous savez mieux que personne, continua Polia, que ma foi est engagée ailleurs, et qu'elle l'est irrévocablement ; mais
je dois excuser vos soupçons, car la vôtre
m'est assurée par le serment qui vous lie
aux autels, et je ne vous ai jamais donné
une pareille garantie. — Écoutez, Francesco. — C'est demain l'anniversaire du
jour qui a reçu vos premiers vœux, et c'est
dans le dernier office du matin que vous
les rendrez plus indissolubles et plus sacrés
encore en les renouvelant devant le Seigneur. Avez-vous, depuis un an, changé de
manière de penser sur la· nature et la nécessité de ce sacrifice ?

—Non, non, Polia ! s'écria Francesco en tombant à genoux.

—C'est assez, poursuivit Polia. Je n'ai pas plus varié que vous. J'assisterai demain au dernier office du matin, et je m'y associerai de toutes les puissances de mon âme au vœu que vous allez répéter, afin que vous sachiez désormais, Francesco, qu'entre le cœur de Polia et l'inconstance, il y a aussi le parjure et le sacrilége. »

Francesco essaya de répondre, mais quand les paroles arrivèrent à ses lèvres, Polia avait disparu.

Le jeune moine eut presque autant de peine à supporter sa joie que son infortune. Il sentit qu'il n'avait plus assez de force pour être heureux, car le ressort de sa vie, usé par tant d'émotions contraires, était près de se rompre.

Le lendemain, au dernier office du matin, quand les religieux entrèrent dans le chœur, Polia était assise à sa place ordinaire, au premier rang des bancs de la noblesse. Elle se leva, et alla s'agenouiller au milieu des pavés de la grande nef.

Francesco l'avait aperçue. Il renouvela ses vœux d'une voix assurée, redescendit les degrés de l'autel, et se prosterna sur le parvis. Au moment de l'élévation, il s'y coucha tout entier, en jetant ses mains croisées au-devant de sa tête.

L'office achevé, Polia sortit de l'église ; les moines passèrent les uns après les autres, avec une profonde génuflexion, devant le sanctuaire ; mais Francesco ne quitta

point sa position, et personne n'en fut
étonné, car on l'avait vu souvent prolonger
ainsi, dans une extase immobile, la durée
de la prière.

A l'office du soir, Francesco n'avait pas
changé d'attitude. Un jeune frère descendit
des stalles, s'approcha, se pencha vers lui,
et prit une de ses mains dans la sienne, en
le tirant vers lui pour le rappeler aux devoirs accoutumés; puis se releva, se signa,
regarda le ciel, et se tournant vers les
moines assemblés : « Il est mort! » dit-il.

Cet événement, un de ceux qui s'effacent
si vite dans la mémoire d'une génération
nouvelle, datait de plus de trente-un ans,
quand, par une soirée de l'hiver de 1498,
une gondole s'arrêta devant la boutique
d'Aldo Pio Manucci, que nous appelons

l'Ancien. Un instant après, on annonça dans l'étude du savant imprimeur la visite de la princesse Hippolita Polia, de Trévise. Aldo courut au-devant d'elle, l'introduisit, la fit asseoir, et resta frappé d'admiration et de respect devant cette beauté célèbre, qu'un demi-siècle d'existence et de douleurs avait rendue plus solennelle, sans rien ôter à son éclat.

« Sage Aldo, lui dit-elle après avoir fait déposer sur sa table un sac de 2,000 sequins et un riche manuscrit, comme vous serez, aux yeux de la postérité la plus reculée, le plus docte et le plus habile imprimeur de tous les âges, l'auteur du livre que je vous confie laissera la renommée du plus grand peintre et du plus grand poëte de notre siècle qui s'éteint. Seule déposi-

taire de ce **trésor, que** je réclamerai quand
votre art l'aura reproduit, je n'ai pas voulu
priver tout à fait de sa possession les esprits favorisés du ciel qui savent goûter les
conceptions du génie ; mais j'ai attendu ,
pour en multiplier les copies, le moment
où je pourrais les demander à des presses
immortelles. Vous savez maintenant, sage
Aldo, ce que j'espère de vous : un chef-
d'œuvre digne de votre nom et capable d'en
perpétuer à lui seul la mémoire dans tout
l'avenir. Quand cet or sera épuisé, j'en four-
nirai d'autre. » Ensuite Polia se leva et
s'appuya des deux mains sur les femmes
qui l'avaient accompagnée. Aldo la suivit
jusqu'à sa gondole, en lui témoignant sa
soumission par des gestes respectueux, mais
sans lui adresser la parole, parce qu'il n'i-

gnorait pas que, retirée depuis plus de trente ans dans une solitude inviolable, elle avait renoncé au commerce et à la conversation des hommes.

Le livre dont il est question ici est intitulé *la Hypnerotomachia di Poliphilo, civé pugna d'amore in sogno*, c'est-à-dire *les Combats d'Amour en songe*, et non pas *le Combat du Sommeil et de l'Amour*, comme traduit M. Ginguené, auteur de l'*Histoire littéraire d'Italie*. Nous ne prétendons pas, Dieu nous en garde ! conclure de là que M. Ginguené, auteur de l'*Histoire littéraire d'Italie*, ne savait pas l'italien. Nous avons plus d'indulgence pour les distractions du talent:

———

« Signe maintenant cela comme tu voudras, dit Lowrich en se levant; je n'ai pas l'habitude de mettre mon nom à ces babioles, et le ciel m'est témoin que je n'ai jamais accordé de pareilles historiettes aux libraires que pour avoir des livres.

— Puissent toutes les nouvelles que vous ferez encore, dit Apostolo, enrichir votre bibliothèque d'un volume pareil à celui-ci! Il est à vous et je vous le devais deux fois.

— Il est à moi, dit Lowrich en s'en emparant avec enthousiasme..... Ou plutôt il est à toi, continua-t-il gaiement en le faisant passer dans mes mains; je te l'avais promis ce matin! »

C'est ainsi que le plus magnifique des exemplaires du *Poliphile*, géant de ma collection lilliputienne, y figure aujourd'hui *nec pluribus impar*. Je l'y soumets volontiers aux regards des amateurs, qui ne pourront s'empêcher d'y reconnaître un livre magnifique... et pas cher !

Ch. NODIER.

UNE LETTRE DE CHARLES NODIER.

S'il est vrai qu'il nous soit possible de recomposer le portrait moral d'un écrivain, en rassemblant avec soin et en rapprochant les traits épars dans les productions diverses de son esprit et de son cœur, je crois qu'on peut le dire *à priori* de ses œuvres épistolaires; car c'est dans ses lettres, dans ses lettres intimes surtout, qu'il se dépouille de l'enveloppe factice imposée par l'usage,

par les convenances et par les règles, déve-
loppant ainsi dans tout leur naturel et en
toute liberté, les richesses de son imagination, les fantaisies de son esprit et les naï-
vetés de son cœur.

En donnant à la suite d'une notice sur
Charles Nodier et à la suite du dernier roman de ses derniers jours, une lettre écrite
il y a plusieurs années, après une excursion
dans la Belgique, — ce Muséum privilégié
des vieux tableaux et des vieux livres,
avant qu'elle soit devenue l'officine impure
de toutes les contrefaçons,—l'éditeur de ce
petit volume espère compléter les documents nécessaires au lecteur attentif et dési-
reux de composer pour son usage une
biographie circonstanciée de l'écrivain re-
grettable qui nous occupe ici.

On trouve dans le caractère des hommes d'élite certaines nuances que le biographe est impuissant à faire ressortir à propos, et sous un jour très-favorable. Les faits nous en apprennent plus à cet égard que les ingénieux commentaires des critiques.

La lettre suivante serait sans aucun doute fort indifférente à l'historien plus soigneux d'enregistrer des événements, que de tracer un caractère. Elle lui servirait tout au plus à établir que M. Nodier fit un voyage en Belgique dans le courant de l'année 1835, et qu'il reçut partout sur son passage les marques de la plus vive et de la plus honorable sympathie. Pourtant, si je ne me trompe, elle a le mérite inappréciable de peindre en peu de mots cet homme excellent, aussi admirable par la simplicité de

9.

ses mœurs et la modestie de ses désirs, que par l'élévation de son talent littéraire.

Cette lettre n'est-elle pas en même temps pour nous un profond enseignement?

Charles Nodier, ce grand poëte, cet écrivain si correct et si riche, à qui la France doit d'avoir conservé ce qui lui reste encore de son gracieux et pittoresque langage d'autrefois, Charles Nodier passe inaperçu dans les grandes villes de son pays, tandis que les cités étrangères le couronnent de louanges et de fleurs.

Aussi comme il hâte son départ, comme cette gloire bruyante l'étonne et l'effraie, cet aimable auteur, en quête de *bouquins*, comme il dit, et qui trouve partout des ovations.

Quelle biographie, mieux que ces lignes

sans façon, pourra faire aimer Nodier? Quels éloges vaudront, aux yeux du lecteur, cette adorable conviction avec laquelle il s'écrie : « J'ai le bonheur d'être rendu à un pays où personne ne s'occupe de moi. Ce n'est pas ici qu'on viendra m'éveiller par des sérénades. »

A. DE LA FIZELIÈRE.

Lille, 17 juin 1835.

« Mon cher T......., me voilà de retour en France, chargé de couronnes et de vers comme un acteur de Paris qui vient de faire une tournée en province. Je n'ai pas besoin de vous dire combien ce genre de réception s'accordait mal avec mon besoin de solitude et de repos, les deux seules choses que je cherchasse hors de Paris. Aussi ma santé ne s'est guère améliorée si elle n'est pas devenue pire, et vous en aurez pour une bonne part le péché sur la conscience, car c'est vous qui m'aviez annoncé à Gand. Enfin, grâces au ciel, j'échappe aux banquets et aux compliments, et j'ai le bonheur d'être rendu à un pays où personne ne s'occupe de moi. Ce n'est pas ici qu'on viendra m'éveiller par des sérénades.

« Je serai à Paris le 21 si Dieu le permet. Je suis trop mal pour voyager autrement qu'à petites journées. Je repartirai deux ou trois jours après pour un village des environs, mais je vous verrai le 22. Ce serait grand plaisir si l'éternel Thompson vous avait rendu à cette époque le *Ballet de Beaujoyeulx*, car je n'ai presque rien trouvé en route, bien que j'aie remué quatre ou cinq cent mille bouquins dont la poussière n'a pas contribué à soulager mes poumons. Voyez, je vous prie, à cet effet le relieur le plus paresseux de la chrétienté.

« Ayez la bonté de présenter mes respectueux hommages à madame T.......

Tout à vous,

CHARLES NODIER. »

www.ingramcontent.com/pod-product-compliance
Lightning Source LLC
Chambersburg PA
CBHW071110260626
47162CB00006B/2277